寂寞涮涮鍋

閑芷詩集

櫟彩

漂霧和它的倒影——序閑芷詩集《寂寞涮涮鍋》

白靈

這世界越來越向女性的世紀傾斜，女性原力的釋放，越來越有沛然莫之能禦的趨勢，尤其是有了網路和手機和臉書和line以後。不管身體移不移動，她們的心境與心情再也不必一定要靠近一隻耳朵，就可以很隨心地表白或記錄，可秘密地也可半公開地，且可在乎也可完全不在乎有沒有很多認識或不認識的前來按讚。

女性作者，包括女詩人的大量噴湧，現代科技的便利性居功厥偉。而也因網路社群的分佈廣而散亂，除了常常出現在平面副刊詩刊或詩獎的女性寫詩人外，許多女詩人深居簡出、行事低調、不爭名利的作風，使得她們的作品難為多數讀者所熟知。閑芷便是其中一位。

但那又何妨？女性骨子裡或者說基因裡最深知：再風光的聲名、再燦爛的風雲、再美妙的青春無一不轉眼即逝。因此天生即不好爭、沒什麼好爭，這是男人永不明白的。以是，只有當「再也沒有什麼好爭的時刻」，她們才會「上場」，職場如老師、出版業，甚至總統這職位都有這種味道。詩人這行業也已來到「不再是黃昏裡掛起一盞燈」那種想要指引什麼的年代。詩已經來到不再與「千秋萬世」掛鉤，而是回到更古老的民間的庶民的「思無邪」、「不知手之舞之足之蹈之」、情性可完全自我抒發的時代。詩與附加的社會功能、政經秩序再度又有了距離，也就是詩不再具有什麼社會目的，詩再次又進入了它的純粹性，更本真地出於「思無邪」而已，而女性比男性本來就離「無邪」更貼近一些。

以此來看閑芷的詩，或更能看出她詩中的情性。她在第一本詩集《千山飛渡》中說：

> 頑石翻滾了青春
> 終究停下，瞧瞧什麼是不變的
> ……
> 千鳥飛渡千山
> 一陣風有一座山在等待
> 一條荒徑有一棵樹在苦思
>
> ——〈千山飛渡〉

她說的是比俗塵世事更本真更純淨的一些什麼，一些人性中不變的追索和等待吧。像一筏在腳下不得不渡，青春在身體中不得不翻滾，雙翅在背不得不飛過千山，苦即修，思即索，不得不然，即無所怨不必恨了。這是閑芷的瞭然和以自然情景表達生命困境的方式。

因此當她在第一本詩集中說：

彈塗魚爬過暮色

痴痴尋覓彼岸的凝視

小白鷺踩著霞暈的璀璨

佇立成一幀寧靜

——〈寂寞海角〉

她是充滿矛盾的，既「痴痴尋覓彼岸的凝視」，又自足地「佇立成一幀寧靜」，既企盼於彼又自持於此，既已彈塗魚，又想學小白鷺，像兩面人似地搞不定自身。這常是為情所擾的景況，她的第一本詩集不少均與此有關。知道如何脫困，卻還不太想脫困，有如進錯殼的〈寄居蟹〉，只能暫時爬行一段路再說：

若山巔隱隱藏不住悶雷

如此沉重的輕盈

說的是寄居蟹的殼若山壓身（沉重），其中難藏住不吐不快的「悶雷」，卻又不是不能扛行（輕盈），但畢竟是「寄居」錯了，因此

終究

還是要抉擇

卸下擁塞的心房

下一個溫暖

是螺旋紋路的淡然

還是被苔青染浸的愴然

卸下擁塞，離殼另覓，淡然處之或自此愴然老去，不能不有所抉擇。而這常是青春需付出的代價，必得由青澀走向成熟，由執著走向釋然，詩成了她自省自解的記錄。

比起第一本詩集題旨較為集中在情思的困頓上，她的第二本詩集精彩多了。不但語言更自在跳脫，關懷層面較能觸及自我以外的更多事物，尤其是很多詩人都不知如何將之入題的眾多現代事物，閑芷似乎得心應手，隨心即能拿來為己所用，比如〈上網〉、〈電子寵物〉、〈蛤蜊雞湯〉、〈藥膳麵〉、〈麵包山〉、〈焦糖瑪奇朵〉、〈切換模式〉、〈寂寞涮涮鍋〉、〈愛上一隻病毒〉等等題目均有新穎性，後三首是其中最具創意的。比如輯一的〈切換模式〉：

忘了閱讀使用說明書

按鍵變得遲鈍，拍打有理

可是你的表情開始模糊

嘴角有摩擦的傷痕

太多相處模式來不及更新

外語模式自動輸出翻譯
陌生模式加熱，三分熟剛好
限制模式可以遮陽防曬
夜晚模式設定關機，除了星空
勿擾。哦，親愛的模式
好像積了許多灰塵，按鍵
變得有點僵硬，餵食咖啡的靈魂
重新喚醒。醒來或者陷入昏睡模式
我的手指因為遲疑而顫抖

使用過智慧型手機的人皆知有時手機會變得遲鈍，或因忘了更新程式，氣得只能拍打它想叫它聽話，甚至會使手機受傷或螢幕「表情」變得模糊，像快要當機或壞掉。這是第一段寫人對待手機的方式，未嘗不是詩末的「我」對待情人（第一段的「你」）的方式。因此第二段即寫自我反省，人與人相處也應如此，最好有點「陌生」或「限制」，或像跟外星人講話需要「外語」「翻譯」，彼此「三分熟剛好」，「可以遮陽防曬」（解一解寂寞）即行。最好晚上不要相處而「設定關機」，「除了星空」滿天的夜晚否則切記「勿擾」，但如此一來又易「積了許多灰塵，按鍵／變得有點僵硬」。這既指手機久不用再用則功能更搞不清，人與人亦然。勉強「喚醒」（餵食咖啡），仍易「陷入昏睡」，不知如何對待才好（手指因為遲疑而顫抖）。

詩中共用了七種「模式」，部份是自創的，比如「相處模式」、「陌生模式」、「親愛的模式」，有些是改了面貌的，如「昏睡模式」其實是「睡眠模式」，「夜晚模式」其實是「關機模式」。整首詩看似面對一支現代手機因功能太過繁複而互動困難、狀況頻傳，陷入自言自語的窘境。人與模式繁瑣的手機互動，跟他人相處比起來還算輕鬆，搞清楚即成，但人沒有使用說明書、也無法更新「相處模式」，其不陷入困頓更難，顯然以此諷彼，以之與沒有模式可言的人作一強烈對照。寫來歧義橫生，趣味漾然。

輯三的〈愛上一隻病毒〉一詩更新鮮，將電腦病毒擬人化，將青春人生螢幕化，寫得既後現代又具開創性：

門縫閃過的光影
在青春的讀寫頭旋轉著
閃電，閃亮病毒容貌

誤觸了相遇的執行鍵
螢幕閃爍著翻飛的畫面
每一頁都是千尋的癡念
複製，掃蕩，再擴散

比野草紮入泥土的意念更堅韌
病得如此燦爛而無解

把你的笑語譯寫成亂碼
心也亂了，日子
在跳動的頻率裡安住

這病毒帶著情花的劇毒
飛沫成空氣中最迅速的傳染途徑
也許黑夜的黑比墨池更深情吧
或者，呼吸著回憶
能暫緩毒發的劇烈效應
而獨處與人潮絕對標記防寫
防止寫了一半的秘密曝光
鎖在密碼裡的思念

保鮮日期不斷更新
斬不斷的連結如春草蔓延
理，不理。這隻病毒
無藥可醫

現代人皆知電腦一但中毒，輕者運轉遲鈍，重者螢幕跳動、甚至開機不了，若是硬碟中毒，資料可能全毀，而這常只是誤觸某個「執行鍵」或什麼原因也搞不清。第一段的「讀寫頭」（Read Write Head）是電腦儲存資料的硬碟（Hard Disk or Fix Disk）中零件之一，讀寫頭為了能在硬碟的磁片表面高速來回移動讀取資料，需漂浮在磁片表面，不可直接接觸，漂浮過高則讀取訊號太弱，無法高容量讀或寫，因此需盡可能壓低，其飛行高度（Flying Height）僅約為 0.5 uin（微英寸），有人形容這有如一架大型747客機的飛行高度保持在1英寸之上，又不可墜毀，豈是容易。所以磁片表面上不能有任何異物、塵埃，讀寫頭若打傷磁面有可能造成硬碟資料永久性傷害，硬碟中毒太深亦然，有可能掃毒或送修都救援無效。此詩即形容情人像「一隻病毒」，首段以「門縫閃過的光影」方式出現，有如「讀寫頭旋轉著／閃電，閃亮病毒容貌」，與情人相逢即如中毒，從此大腦當機，使人昏沉。每見面一回都造成「千尋的癡念」，且病毒會自我「複製」，即使「掃蕩」還會「再擴散」、「紮入泥土」，從此「病得如此燦爛而無解」、「笑語譯寫成亂碼劇毒」。而見面時相談的「飛沫」是「最迅速的傳染途徑」，尤其是在「比墨池更深情」的「黑夜」。因此最好是不見面，「呼吸著回憶」才「能暫緩毒發的劇烈效應」，比如在「獨處與人潮」中，就可宛如「鎖在密碼裡」。通常電腦程式要順利運轉，常要上網更新，現在中了情人這隻病毒，竟然還不怕掃毒，也自動會「保鮮日期不斷更新」，與我「連結如春草蔓延」，使我從此幾乎「無藥可醫」。

這種寫法，雖然誇張到不行，卻幾乎是將女性一頭栽入戀愛時的心理寫絕了。本來這就是一個心性自由，卻也是被許多流行事物不斷抓住的年代。新興事物使人很難將之完全置之不理，有限度地利用之而不為之所利用，成了每個人嶄新的功課。電腦或手機讓女性「宅在情裡」的兩性關係及彼此聯繫的自由度發揮到極致，唯可以將之寫成詩的人少之又少，閑芷此詩將不可能成詩的嶄新事物入詩，可說為自己也為古今情詩開創了新局。

輯二的〈寂寞涮涮鍋〉則寫現代人獨嘗或群聚吃喝涮涮鍋時的孤獨感：

包藏空虛的高麗菜
成了鯛魚片最後的家
青江菜是湯裡漂浮的綠地
偶爾，擠來爆漿魚丸癡癡傻笑
木耳是突來一片的烏雲
遮蓋陽光般鮮豔的蟹肉魚板
鍋內沸騰一如喧囂的城市

右手夾起水晶般的粉絲
試圖理清糾纏的思緒

卻滑落成一攤思念

慢慢冷卻，如心頭盤繞的蛇

左手投入不語的蛤蜊

想沾染鍋內的熱鬧氛圍

手指卻被濺起的湯汁驅趕

心事，成了灼熱的水泡

獨自咀嚼著旁桌傳來的笑語

飲下浸泡回憶的檸檬汁

慢慢，看一鍋思緒煮沸

玻璃窗外飄過寂寞的白雲

而我，是最靜的那一朵

詩中的高麗菜、鯛魚片、青江菜、魚丸、木耳、蟹肉魚板、粉絲、蛤蜊、檸檬汁均成了臨時演員，或「在鍋內沸騰一如喧囂的城市」，或「滑落成一攤思念」、或「浸泡」了「回憶」，有時燙了手、有時「獨自咀嚼著旁桌傳來的笑語」。最後將自身抽離那「寂寞涮涮鍋」，才發現自己只是窗外飄過「最靜的那一朵」「寂寞的白雲」。將現代人越擁擠越熱鬧就越孤寂的感受藉涮涮鍋的豐富食材做對映，寫得極為傳神而獨特。

然則人的孤寂不是沒有原因，〈漂霧〉一詩即藉著海上霧中行船寫人無所倚靠時的迷航感有若「失溫的浮標」，只能憑音聲辨識周遭：

我在霧裏丈量光陰
企盼航程濃縮成一只瓶子
流竄在體內的昏沉鎖進夢中

挖掘海的深度，或者
撕開夢的薄膜，或者
敲開光的顏色，或者
傾斜自以為的平衡點

我在沒有煙花的霧裏想起你
（下略）

迷航感不是短暫的，有若鎖在瓶中，摸索漂蕩，此時「你」突然在回想中出現，宛如短暫的指引，這是人處在窮境時常有的現象。比如〈雲想〉一詩中說：

流浪到異鄉
連自己名字都忘掉
每一張陌生臉孔

迎面，都是你

這是無所歸依時仍會存在的「殘像」，其實正是「心已死」的展現。

閑芷經歷「漂霧」那種近乎迷航的過程後，已來到要脫離過去「殘像」的尾端，此集尾輯的〈倒影〉一詩表述了這樣的領會：

喧嘩的眾聲歸還給泡沫
還有什麼比倒影更真實
更真實不過，腐鼠
長長的尾巴仍在擺動
人們不再尖叫了，因為死亡
沉默，沉寂，沉淪

空虛的破酒瓶幻想著瓶中信
有誰，記得豔陽午後
白鷺鷥為何佇足
空中的光影為何消失
輕飄飄的暮色
冉冉遁入灰濛的雲層裡
厚重地關上，關上

此詩說「泡沫」取代了「喧嘩的眾聲」，「倒影」比什麼都「真實」。而「更真實」的是「腐鼠長長的尾巴仍在擺動」，死亡取代了一切。剩下的「破酒瓶」只剩「幻想」，連「豔陽」「白鷺鷥」「光影」的消失也無從追究，「暮色」末了都遁入雲層而被「厚重地關上」。

然則「漂霧」是迷濛的，視覺暫失，令人一時無所適從，有若陷入昏沉，此時其他的感官才會甦醒過來，有如深潛海中或夢中，憑藉轉換，到達死境才有重生之感。而「漂霧」的「倒影」豈不更難辨認？閑芷說「不再尖叫了」的其實是自己而不是「人們」，「因為死亡」而一層層進入「沉默，沉寂，沉淪」，如此所有的光影皆不復被記憶，像被黑暗抹去。於是進入「漂霧」狀態或將一切塵世「倒影」都是歸零的過程，都是徹底「切換」自身乃至銷毀過往檔案的必要步驟，不如此不足以再生。

閑芷寫得好的詩就像身體之舟「漂霧」後的心得，或心情被喧擾後自我「倒影」的記錄，她的歸零是全力以赴的，都像是表演一次小小的死亡，因此厚度夠、可誦性高。她將現代科技事物及日常飲食大量入詩的展現更具新局面，延展性十足，可圈可點，再稍加把力，即可超越諸多前賢，讀者何妨拭目以待。

閑芷詩筆記

香港詩歌協會會長、圓桌詩刊主編　秀實

七〇年代我就讀台灣大學。那時的中文系課程，既沒有現代文學，也沒有西洋文學。是純粹的國學與文學的訓練。我們讀文字學、聲韻學、訓詁學，讀《淮南子》、《義山詩》。但同學間卻往往不囿於課程設計的局限，讀起外國文學的作品來。那時流行的是日本芥川龍之芥的作品，和《麥田捕手》、《西線無戰事》等的西洋小說讀本。後來進一步接觸西洋文學理論書，是一本叫《現代文學批評面面觀》（Sheldon N Grebstein著，李宗慬譯，台北：正中書局，1978年）的小冊子。那是我西洋文學理論的啟迪之門。

我一直認為，創作的人應同時關注理論，因為那是一種思想的提升。令主觀與狹隘的情感得以優化。因為感情穿越了思想與語言成為詩篇，才能掙脫個人的囚籠，抒寫欄柵外屬於個人的綠林與藍空，才開始具有不朽的條件。西方文論有此一說，真正的詩歌不啻是個人的傳記。前述的《現代文學批評面面觀》中有一章談及「歷史論批評家」，當中引德萊登Dryden的說法：「每一個詩人多少都是屬於一個時代。」兩者實互為牽引。詩，文本若與時代脫鈎，即歷史會留下時代，而把詩淹沒。

羅埃・哈威・皮爾斯Pearce Roy Harvey強調：「要研究一種文化，就要研究它的詩。要研究它的詩，就要研究它的語言。」閑芷詩的語言如水，寫意流暢，淙淙錚錚，婉曲動人。但其水質屬硬水hard water。「硬水」為化學名詞，指含有礦物質逾一定數值的水，雖不影響人的健康，但會帶來生活上的麻煩。今天閑芷詩的語言，略含雜質，雖不致影響詩意表達，但仍未臻佳境。藝術（語言）的追求，不能就此安於現況，總得挑戰更大的難度。那是詩歌不斷尋求一種最佳的「述說方式，以對應於詩歌本身，又對應於這個時代。其最高的層次，即便是在這個時代底下，為「事物」命名，重組「秩序」。在「失名」與「命名」之間，在「失序」與「秩序」之間，閑芷也寫下了這些動人的詩句，「濕潤的淚決堤，從此難休」（〈梅雨〉），「將思念寫滿整夜的白」（《雪花》），諸如這些。值得注意的是，詩卷裏的「祕密的小花園」，指涉多種不同的植物，詩人重新認知，託物寄意，有異俗流。「殘荷」當然觸動人心，但閑芷卻不甘於那種對歲月的抒懷，「你說記憶太遠／我們彎腰尋找倒影／企圖挖掘前世相戀的痕跡」（〈殘荷〉），荷淨不過一季，一季竟便是前生，如此竄改時間，令人拍案拍叫絕。而荷塘汙泥之下，即便是蓮藕，如此暗合天成，妙到毫巔。此三句，前面改寫「秩序」，後面重新「命名」。其詩歌語言的功底已見。

愈網絡化寫詩便愈便捷，但好詩也愈難尋。網絡逐漸消融了國與國間文化的差異，其情況尤其見於新興的國家，古老文化成了抵禦網絡同化的堡壘。可以預見，未來大詩人的誕生，會出現在具有古老文明的國度之中。中國詩人贏得諾獎，可以預期。這是脫軌之論。但當世詩人，如何應對科網，卻是值得深思的。這是其一。大千世界，紅塵滾滾。離不開財貨，脫不掉食色。都市物慾橫流，詩人如何安身立命。這是其二。這也是柔弱的閑芷必得面對的嚴峻考驗。詩卷裏「舌尖的思念」，是一個女子的人間煙火。閑芷的飲食詩，總是始於口腹之慾，而以芳心寂寞為其抵達的終點。「涮涮鍋」應是指可供一人用的火鍋。詩末「玻璃窗外飄過寂寞的白雲／而我，是最靜的那一朵」，盡見熱鬧裏的孤單。〈蛤蜊雞湯。的「沉默於薑片忍不住的春天／學習寂寞也是風景之一」寄寓了春心寂寥。〈焦糖瑪奇朵〉的「每一杯咖啡都有心情／只有寂寞的人懂得」，無不如此。寂寥以外，盡皆思念。那是便詩人的安身立命的方式——以柔克剛。

閑芷詩因為深情，所以柔弱不死。詩卷裏〈你在，於是我在〉是其傾情之作。詩二十一行，六－八－七共三節。起節太盡，「我多想彎曲成一枚胸針／穿透如此貼近你的距離／靜靜記錄心事起伏的曲線」，所以極險。二節極盡迂迴，尋找出路。讀詩的經驗告訴我，末節她會失手，落入軟弱無力一途。但竟出人意表若此，「而你一定是／一定是書寫我的句讀／讓彼此相遇成為最動人的詮釋」，有如平衡木的選手最終立在那狹窄的木條之上，展現其妙曼之姿。

除了作品（其文）與美貌（其人）外，我於閑芷一無所知。但這對評論，無疑是個優勢，讓我可以更客觀地看待她的詩歌。「美」不能排斥有它的主觀偏差。但於「美學」有相當認知的人，往往不會輕易用「見仁見智」這個粗疏的詞語，和稀泥地去為醜陋或平庸塗脂抹粉。閑芷詩當然有她的不足，但其詩源自本性，質地沉實，技法不一，是具有美學的考量。

2015／12／30夜，香港將軍澳婕樓

期許寫入永恆──《寂寞涮涮鍋》序

國立台北大學兼任助理教授　劉正偉

女詩人閑芷，國立台北教育大學台灣文學所碩士，目前擔任中學教師。我與她起初並不熟悉，近兩年在臉書（FB）網站認識，知道她曾短暫加入野薑花詩社，後來轉到乾坤詩社，才慢慢稍有交流。閑芷繼去年（2014）出版《千山飛渡》詩集後，今年再接再厲，預告即將出版名為《寂寞涮涮鍋》的第二本詩集，短期內創作力驚人。她囑我寫序，同為乾坤詩社同仁，乃義不容辭也。

詩人向陽在〈用寧靜灌溉一朵花：讀閑芷詩集《千山飛渡》〉序中指出，她延續著傳統、古典的抒情情調：「沒有禁錮、苦難、救贖這些鄉土書寫常見的主題，而是對感情、花草、逝昔與時間的詠嘆。」精細準確的道出她第一本詩集裡幾乎一致的抒情浪漫風格。

然而，閑芷是聰慧的，也是自覺的詩人。向陽在序中婉轉的給她的期許與建言，她也發現了，從而有這第二本詩集風格與題材的轉變。由此可見，她是個聰敏慧心、與時俱進，是非常自我期許的詩人。

《寂寞涮涮鍋》共分六輯：輯一「日常・剪影」多為生活詩與寫實詩；輯二「舌尖的思念」多為飲食詩與其引發思念

的聯想；輯三「愛戀三十八度」多為抒情詩；輯四「行李箱的記憶」多為旅遊詩；輯五「秘密小花園」以詠物詩、植物詩為主，寄情花卉與四季的更迭；輯六「垂釣・倒影」多以想像詩為主。

由《寂寞涮涮鍋》的分輯來看，輯四「行李箱的記憶」的旅遊詩數量21首最多，可以發現詩人熱愛旅遊，或許是寒暑假藉以抒發心情與觀覽世界的方式吧！接著是輯三「愛戀三十八度」的情詩14首，或許彰顯著詩人對愛情的想像與憧憬。再來是輯五「秘密小花園」的詠物詩、植物詩與輯六「垂釣・倒影」的想像詩，可見詩人平常喜歡寄情花卉與關注四季的更迭，也是一個喜歡發呆冥想的女孩。其他關注的面向還有飲食詩與生活寫實詩，由此可見其生活的簡單與純粹。

《寂寞涮涮鍋》裡的詩風，較前本詩集多所變化，關注面向亦更加寬廣，例如〈高雄，黎明之前〉一詩的後半部：

深夜的夢境深深地睡著了
隔著一條淺淺的小河
如此近，卻又如此遠
睡前說一半的話飛成煙花

原來，火花一瞬比浪花永恆
黑夜燒得只剩下昨日的未來

此詩描寫的是去年高雄氣爆事件的驚悚與感想，睡前說一半的話竟突然飛成煙花，多少人家破人亡、妻離子散，值得短視的當政者、趨利的廠商與人們深思，更要注重公共安全與工安意外的減少，否則「黑夜燒得只剩下昨日的未來」，這個未來也許永遠也不會來了。

她還有幾首詩是反映當前低頭族與電動族現象的詩作，例如〈上網〉、〈切換模式〉，與〈電子寵物〉最後一段：

笑了，或者淚了
整個城市全鎖進手機裡
這個世界很螢幕
每個人總低頭豢養孤獨

〈電子寵物〉諷喻著當代電子化的世界，只要手機電源一開，指令就控制著你的情緒，哭臉或笑臉，已讀不回的焦慮，人生的歡喜哀愁從此都被螢幕遙控著，多麼悲哀的人生啊？到底是人控制著機器？還是機器控制著你的人生？值得我們省思。

〈寂寞涮涮鍋〉無疑是這本詩集裡引人注目的詩之一，新加坡的懷鷹詩人曾為此詩寫過精采的賞析，就不再多語，不過其中意象與想像的跳躍，著實令人印象深刻。〈擺渡人〉這首詩簡潔、凝練，可見功力：

流光在水波中晃漾
斗笠下，黝黑著倒影
那是厚實的承諾
接引眾生往彼岸之門

青山綠成灣潭往事
一筏橫渡城市的背影
木櫓搖擺眾聲
風也好，雨也罷
悲喜都划入水光中

〈擺渡人〉一詩分兩段十行，描寫的是江河中的擺渡人，實則隱喻的不也是我們的人生嗎？「流光在水波中晃漾」就像我們庸庸碌碌的一生，驀然回首，俱已成空。「風也好，雨也罷／悲喜都划入水光中」，人生或工作上的風風雨雨，到了最後，悲喜都被時光與永恆所吞噬。〈擺渡人〉無疑是以人生哲學命題的好詩。

閑芷寫詩不久，其功力卻見日益深厚。比喻、象徵、想像、修辭與分行段落、篇章結構都有很好的表現。例如：

雨，或者不雨

山巒連笑也詩意

——〈擎天崗上〉

將甜蜜烙印在咖啡裡

讓思念的靈魂甦醒

——〈焦糖瑪奇朵〉

眉間堆積的情話

如微醺的春風盪漾著遠山

——〈只寫給你的〉

午後的冬陽好春天

雲朵懶懶地躺成一隻羊

瞇著眼，跳過想念

——〈野餐〉

究竟要先讓誰下水

才能挑逗味蕾的想像

——〈蛤蜊雞湯〉

沿著海平面的背脊滑行

像一隻執著的鷗鳥，振翅拍落

逆風的暮色，往事散落或者漂浮

——〈想飛〉

當咖啡杯只剩下星光的溫度

所有苦澀全墜落

像謎一樣的夜

——〈黑咖啡〉

把你的笑語譯寫成亂碼

心也亂了，日子

在跳動的頻率裡安住

——〈愛上一隻病毒〉

青江菜是湯裡漂浮的綠地

偶爾，擠來爆漿魚丸癡癡傻笑

木耳是突來一片的烏雲

遮蓋陽光般鮮豔的蟹肉魚板

鍋內沸騰一如喧囂的城市

——〈寂寞涮涮鍋〉

限於篇幅，實在無法再列舉了。《寂寞涮涮鍋》裡幾乎首首佳作，讓人想一讀再讀、愛不釋手。例如〈深夜〉「用筆尖蘸滿你的影子／夜的腳印很深，墨的色調／只有失眠的秒針清楚」、〈時差〉：「當夜彎曲成三角形／思念交集等腰的邊長／寂寞試圖連結白晝的眼角／如同我拼湊移動的城市／展開是一幅有窗口的風景／隔著夢的缺口，凝望」。需要讀者一一親自去品賞與體會！

詩是主觀的，由《寂寞涮涮鍋》裡的詩，可以讀出詩人的芳心孤寂，多只能以詩為夢、為抒發的出口。在暑假乾坤詩社的聚會上，我看到她詩風的改變，就預言告訴她早晚會得詩獎，果然暑假剛過就傳來她以〈讓路給夢的出口〉，獲得第一屆鍾肇政文學獎新詩獎的殊榮，可喜可賀，也最好的肯定與鼓勵。

歸化美籍的英國詩人奧登（W.H.Auden）認為具備為大詩人的要項有五：「多產、具有廣度、具有深度、技巧好、作品前後蛻變。且至少須具備三個半左右才行。」閑芷是聰慧的詩人，我們也看到她的多產，題材也漸漸多樣化，亦具有詩的知性與深度，技巧的變化與熟練，還有作品前後蛻變，從《千山飛渡》到《寂寞涮涮鍋》都可見其進步的軌跡。

閑芷是目前台灣最值得期待的女詩人之一。期許她不斷的嘗試新的創作題材、手法與風格，不斷的自覺、自省、學習與修正，也期許她能繼續寫下去，必能寫入永恆。

目 次

推薦序（依姓氏筆劃編列）

輯一：日常・剪影

輯二：舌尖的思念

輯三：愛戀三十八度

輯四：行李箱的記憶

輯五：祕密小花園

輯六：垂釣．倒影

輯一

日常・剪影

把日常摺成一顆心
偶爾發亮，偶爾
靜靜地在光影中尋找
時間經過的痕跡

擺渡人

流光在水波中晃漾
斗笠下，黝黑的倒影
那是厚實的承諾
接引眾生往彼岸之門

青山綠成灣潭往事
一筏橫渡城市的背影
木櫓搖擺眾聲
風也好，雨也罷
悲喜都划入水光中

——發表於《乾坤》第73期，2015／1。

高雄，黎明之前

一條火龍穿梭過地盤打狗
地裂，竄出憤怒火舌
熱鬧的城市地底沸騰
一聲驚天，伴隨多少哭號

遠遠地，大大的煙囪
忘了吞雲吐霧，催淚的歌
染黑天空，刷洗不掉的愁容
靜靜地，小小的希冀茫茫

風說，海說，他們說
神秘通道灌滿巫婆的神奇水
沒有人知道實驗瓶裡的變化
哪一天，會笑？會哭

深夜的夢境深深地睡著了
隔著一條淺淺的小河

如此近，卻又如此遠
睡前說一半的話飛成煙花

原來，火花一瞬比浪花永恆
黑夜燒得只剩下昨日的未來

——發表於《野薑花詩刊》第10期，2014／9。

寂寞列車

列車載著孤單奔馳
光影上車又從窗口下車
每一站，只有雲朵偷偷打卡

偷偷打卡的還有掠過的風
吻上疾行在稻田上的雨
斜織著一半故事
一半，留給旅人書寫

黑白的風景等天亮
等下一站，是否
晨曦已在候車亭守候

——發表於《華文現代詩》第2期，2014／8。

紀念日

別問我關於相遇
是那個夏季
那年，列車載著陌生疾馳

那年，荷花開滿西湖
是那個月夜
三十二個小團圓等著團圓
卻等漏了心底那輪

等不到合適的日子
告白，飛梭於半掩的窗景
剎那紅了低眉的霞想
雪一樣的善忘

別記得葉枯過幾回
放手的分秒，依依
都刻上蝶翅的年輪

上　網

我默默地在線上，看你
悄悄地，以魚的唇語
掀起螢幕上的巨浪
關於漏讀的訊息，泡沫
漠然的眼神懸在空中
多麼輕盈，划過夢境的水痕
星夜下捕捉逃家的靈感

我看見你攀在網上
企圖躲在隱形斗篷裡
繼續未完的任務
右手編織迷宮之網
左手卻迷惘成斷電的滑鼠

電子寵物

手機電源開了
軟體安裝在思念裡
指令以情緒換行的訊息
哭臉，笑臉
遙控螢幕外的歡喜哀愁

已讀不回
餵食抗焦慮的餐點
或者考慮放生
或者絕食表態
或者刪除角色

笑了，或者淚了
整個城市全鎖進手機裡
這個世界很螢幕
每個人總低頭豢養孤獨

都是短針害的

時間在日子的背上刻記
關於被偷走的青春
永遠是來不及摘譯的佳句
懂，不懂？都將凋零

你的笑語藏在行李箱裡
關上門，開始飛跑
那雙磨破的靴子愛上你
裸足下的對話
不公開

禁止討論星子的心事
如果月光忘了洗掉森林的夢
漂白了湖水的愁思
那麼，貓頭鷹的祕密
全藏在山谷灰階的回聲中
等待蝙蝠解碼

長針切開歲月的皮膚

微微地掀起往事

看到暫停的你的轉身

卡在短針移動的猶豫之前

秒針囈語，少三分的六點半

梅　雨

烘乾微裂的唇印
擠破悶燒的心事
夏季不再荒涼路途
溫潤的淚決堤，從此難休

——發表於《華文現代詩》第6期，2015／8。

切換模式

忘了閱讀使用說明書
按鍵變得遲鈍，拍打有理
可是你的表情開始模糊
嘴角有摩擦的傷痕
太多相處模式來不及更新

外語模式自動輸出翻譯
陌生模式加熱，三分熟剛好
限制模式可以遮陽防曬
夜晚模式設定關機，除了星空
勿擾。哦，親愛的模式
好像積了許多灰塵，按鍵
變得有點僵硬，餵食咖啡的靈魂
重新喚醒。醒來或者陷入昏睡模式
我的手指因遲疑而顫抖

想　飛

如果相遇是風找到暫停的帆
沿著海平面的背脊滑行
像一隻執著的鷗鳥，振翅拍落
逆風的暮色，往事散落或者漂浮
柔軟成失憶的雲朵，那麼
黑夜白晝倒轉，沙漏
停不住每一次傾倒的想念

——發表於《有荷雜誌》第15期，2015／8。

颱風過境

昨夜，風呼嘯著夜
寧靜被暴雨挾持
鐵皮從屋頂倉皇脫逃
狼狽地學魔毯旅行

今晨，許是災情嚇著網路
電視畫面停格，無聲
也許無聲才能撫慰驚恐
剝離成碎片的夢

觸地伸爪，沿途
掃掠風景清秀的臉龐
輪廓變得迷離難解
滯留窗上的雨水
汪洋成山野荒林無助的淚

該用怎樣的柔情才能拂去
無明燒起的憤怒，洶湧

如溪谷奔騰的萬馬之姿

漸漸，漸漸停下追日的狂妄

緩緩走入簾後，守著天明

輯二
舌尖的思念

那些滑過舌尖的思念
屬於你的味蕾
記憶在咀嚼中發酵
一一嚥下

11
2014

寂寞涮涮鍋

包藏空虛的高麗菜
成了鯛魚片最後的家
青江菜是湯裡漂浮的綠地
偶爾，擠來爆漿魚丸癡癡傻笑
木耳是突來一片的烏雲
遮蓋陽光般鮮豔的蟹肉魚板
鍋內沸騰一如喧囂的城市

右手夾起水晶般的粉絲
試圖理清糾纏的思緒
卻滑落成一攤思念
慢慢冷卻，如心頭盤繞的蛇

左手投入不語的蛤蜊
想沾染鍋內的熱鬧氛圍
手指卻被濺起的湯汁驅趕
心事，成了灼熱的水泡

獨自咀嚼著旁桌傳來的笑語
飲下浸泡回憶的檸檬汁
慢慢，看一鍋思緒煮沸
玻璃窗外飄過寂寞的白雲
而我，是最靜的那一朵

——發表於《中華日報》，2015／11／10。

野　餐

午後，我們相約在樹下
松鼠打開野餐盒
花椰菜的影子搖擺人生
不可抗力的青翠時光

誰坦露了黑棗心意
魚湯裡的黑豆誘惑黃耆
上下求索枸杞的媚眼
虱目魚袒腹於稠密的白池上
委婉訴說壯烈的一生

我們笑著祝福彼此的天空
蔚藍之外還有夢的顏色
我們為生活的壓力插上翅膀
吹涼心底翻騰的浮躁
邀灰面麻鷺踩碎日子的顆粒
然後將笑語藏在樹根交纏的依戀裡
短暫的離別留給頑石當記號

午後的冬陽好春天

雲朵懶懶地躺成一隻羊

瞇著眼，跳過想念

預約植物園的下一場盛宴

蛤蜊雞湯

究竟要先讓誰下水
才能挑逗味蕾的想像

我只想捍衛發言權
直到不得不伸手迎接沸點
將一生禁閉的言說
坦蕩地完全裸露

而你每日練習吶喊
卻把最深刻的黎明分解
沉默於薑片忍不住的春天
學習寂寞也是風景之一

究竟要從蛤蜊而雞而驚呼
還是倒轉衝突的原點
回到只有遙望的陸地與河圳
聽風細說相遇之前，關於我們

藥膳麵

你問，這碗麵苦不苦
有心當藥引
當歸熬煮成湯底
枸杞是千里之外的凝望
蔘根，飄浮在手作麵條的迷宮裡

撥開白絹波動的浪紋
舀起一瓢溫熱湯汁
入喉是七分回甘
三分苦澀
那放涼的另一半，等著

麵包山

我不是鑽營紋理的螞蟻
刺探每一次呼吸流動的方向
缺席的邊緣留著誰的氣息
只有撕裂的傷痕明白

說歲月太冗長，誰記得
麵粉與水的相遇
混著糖與鹽的奶油味
悶熱難耐地烘烤留白的極限
只有膨脹的意念明白

以味覺之名
我與你對坐凝視午後的陽光
隔絕莎莎醬的酸甜誘惑
切除奶油裸奔的可能
只想等風來評論山裡的風景
明白堆疊月光之可能

黑咖啡

這杯咖啡太黑

黑得讓味蕾忘了黎明

暖暖地甦醒，舌尖

殘存相遇的記憶

濃烈地閃過夢的光芒

那是一條細長幽暗的小徑

盤旋著似蛇非蛇的糾纏

當咖啡杯只剩下星光的溫度

所有苦澀全墜落

像謎一樣的夜

焦糖瑪奇朵

每一朵焦糖開的花
只綻放一次
將甜蜜烙印在咖啡裡
讓思念的靈魂甦醒

我將憂愁重度烘焙
油亮的光澤寫滿心事
來自莊園的閒情，被城市
碾成粉末，舀半瓢熱水
沸騰午後的疲憊感

嚥下甜蜜滋味的印記
每一杯咖啡都有心情
只有寂寞的人懂得

此後，粽香

點燃紅蒜頭的鄉愁，借五月豔陽
爆香蝦米微蜷曲的興奮狀態
一桶長糯米吸吮乳汁般
等待包覆來自海洋與陸地的記憶
還有母親心底汩出的愛心醬汁

栗子要剝除罣礙後才能橙黃
劃開香菇厚實的胸膛，以歲月炒拌
雞里肌穿上太白粉裝嫩，油炸
七分熟的口感佐艾草菖蒲的傳說
蒜蓉醃漬明蝦成五味的雜想
蚵仔乾抖落海水的失落，獨自
尋找水中靈感，也許是寄不出的家書

那年，妳的笑語浸泡著粽葉
大手牽著小手刷亮節日的氣氛
鐵鍋裡的油海有千萬米粒翻滾著雀躍
半熟就好，另一半留給蒸籠賦予重生

那年，我的稚嫩綁在歪斜的粽子上
拿捏不住多少陪伴才能完全抱緊妳的疲憊
貪心地想將海陸的風景塞滿童年的回憶
然後綑綁妳的憂愁與我的夢想
隨著不斷冒出的蒸氣一起升天消散

原來五月五的飄香只能存放心底
將一生的想念高高地掛在夢裡
母親特製的粽香味濃郁得化不開
我複製了食譜，貼上思念
卻還原不了那年捧在手中喊燙的幸福

——發表於《海星詩刊》第17期，2015／9。

輯三

愛戀三十八度

如果可能，我在
風裡親吻你的背影
愛上夜與黎明的邊緣
一如星子之永恆

你在，於是我在

我多想彎曲成一枚胸針
穿透如此貼近你的距離
靜靜記錄心事起伏的曲線
彷彿星夜的小舟
被海洋環抱成稚嫩的嬰孩
搖晃著只有你懂的囈語

透明的你的心，閃亮
眸子底有雪花堅持的溫度
屋簷上寫了整夜的情書
風吹，不見不散
字句濃得比巧克力還巧克力
而我泅泳其中，沉溺
無可救藥地等待陽光將我融化
在你掌心，指尖或者喃喃自語的唇間

那一定是魔法沾上的糖霜
灑了滿地月光般銀閃閃的愛

那一定是前世遺落的另一只手套

今生為圓滿相依的誓約而來

而你一定是

一定是書寫我的句讀

讓彼此相遇成為最動人的詮釋

——發表於《乾坤》第75期，2015／7。

白蛇之戀

若不是你掉入西湖的身影
攪動一池汪碧的眼波
禪心怎會惹上酡紅的春
成墨客筆下半軸醉意

若不是前世以煙雨為註腳
濛濛地戀上你手執的油紙傘
我如何在千萬人中
一眼認出隨風的漂泊
隱匿成山腰一朵白雲
撩撥著花影弦音，遠遠近近

你誓言烙在法海托缽的掌心
等袈裟袖口一揮，漫天愛戀
淹沒雪瀑裡不曾遲疑的小舟
奔赴怒濤下，淡定的雷峰塔

我一夜竟成幽白的曇花

髮絲觸地成蠕行的蛇

黑色迷霧，之上，或下

舌信舔著月光捎來的線索

嘶嘶，拼湊楊柳拂過水色的夕暉

碎裂一池的你

愛上一隻病毒

門縫閃過的光影
在青春的讀寫頭旋轉著
閃電，閃亮病毒容貌

誤觸了相遇的執行鍵
螢幕閃爍著翻飛的畫面
每一頁都是千尋的癡念
複製，掃蕩，再擴散
比野草紮入泥土的意念更堅韌
病得如此燦爛而無解

把你的笑語譯寫成亂碼
心也亂了，日子
在跳動的頻率裡安住

這病毒帶著情花的劇毒
飛沫成空氣中最迅速的傳染途徑
也許黑夜的黑比墨池更深情吧

或者，呼吸著回憶
能暫緩毒發的劇烈效應
而獨處與人潮絕對標記防寫
防止寫了一半的祕密曝光
鎖在密碼裡的思念

保鮮日期不斷更新
斬不斷的連結如春草蔓延
理，不理。這隻病毒
無藥可醫

——發表於《野薑花詩刊》第12期，2015／3。

只寫給你的

我只想靜靜地倚成三月的柳
撫摸湖光上的漣漪
你說黃昏都黃昏了
那麼思念呢

眉間堆積的情話
如微醺的春風盪漾著遠山
回音，或者拍打在岸邊的浪濤聲
全寫在夜幕你的眼睛，閃閃發亮

將思念放逐

我將思念磨濃
再倒些孤獨稀釋夜的寧靜
一杯咖啡，一枝筆
凝視著等待表白的信紙

機會與命運疊成過去式
悸動是跳躍的小鹿
留下抹不去的足印成詩

今晚，煙火比星光燦爛
火花的光點勾勒記憶
輪廓比周庄雨夜更迷濛
淡出的荷葉印象如畫
日出時凝聚成滾動的露珠
偷偷悲傷著空白，或者透明

嵐山竹林小徑通往夢的入口
是否，每一片落葉都是

敲醒月光失眠的密碼
橫劃是你的眉
豎劃是你遠眺的背影

我們忘了修剪思念枝枒
潑墨似的這些年
又遠又近在字句裡生根

我將思念鋪平
咖啡的字跡被海水吞噬
一朵浪花，一只玻璃瓶
帶著海鷗去旅行

——發表於《海星詩刊》第15期，2015／3。

櫻花雨

紛紛，自你眼眸底飄飛
櫻花下了一簾雨

雨落地成水花偶遇的故事
而我隔著夢與你相見
櫻花落淚的聲音，迴盪
朦朧如詩意的三月

青青是柳浪，輕輕
拍打夢境的回音
而你捧著記憶翻新記憶
月光下浮動的人影，河邊有霧
飄來玫瑰釀的香檳雨絲

燈影浮動，人潮推擠思念
整夜淅瀝了屋頂上星光

醉，不醉。酒杯淺唱

自櫻花千年之前的天空

散滿淡紫星藍

將每盞燈都綁上旅人思念

這邊，那邊

荷花睡在陽光睫毛上
刷著西湖的綠意
光影，這邊
有環山擁抱蘆葦
一曲清瘦的遙遠歌謠

風從山最高處溜下來
追趕塵土的腳程
那邊，黃沙
有雲濤安慰夕霞
萬般惦念的相送有時

我與你，隔著夢境傳訊息
回家的路，這麼近
近得只有伸手的距離
而思念拉長季節與季節

美人笑

西湖煙波已相忘
茫茫霞靄漫著暮色
妳彎身褪去綺麗的背影
飄忽成白堤上風中柳絮

如何握緊妳遺落絹帕的偶然
凝視成銅鏡前垂淚的素顏

掬起一瓢江南春意
晾曬，酒旗飄揚的窗櫺旁
半盞燈火放涼了孤影
細雨寒風，妳盈盈的淺笑
是倒映在湖水粼光的一艘小舟

——發表於《海星詩刊》第13期，2014／9。

關於如果的可能

如果春天的笑聲再遼闊些
我就住進你眼底
曾經。或者沙灘記得
逐浪與泡沫的天空

如果海洋曾經療癒憂傷
陽光撫慰寂寞的樹影
星空不再盤算季節的心事
那麼，請留下一朵花開的時間
預約明日可能之偶遇

如果燕子剪開半掩的夢境
黎明側躺的睡姿，轉身
秋日繽紛之可能
將列席在候補名單上

夜之戀

走過落葉編織的網
踩響繆思的輕嘆
畫上句點，以風為筆
以思念弧度，傾斜
夜之進行曲

上弦月想像星子遙遠的夢
星子想像海洋溫柔的囈語

夜之進行式
堆疊交錯的身影
誰在夏季空轉沉思
沙灘上的吻痕
燃燒離別依依的樂章

如　風

將風放飛
遠遠地，如我小小的心
於樹梢遙望的盡頭
沉默如鏡裡複製了沉默

曾緊緊抱住你的夢
直到夢境反白，漸層
淡出飛鳥的國度
天空之外，更遠處
鷹盤旋著我揣度的一切

也許月色有保存期限
落葉探測不到悲傷刻度
或者，夜空拉長思念
星子明滅，一瞬凝凍江浪
風不再熟悉昨日的雲
而明日還在花間尋覓回憶

——發表於《葡萄園詩刊》204期，2014／11。

雪　花

心疼全寫在遠方的眼底
冬季，開了一朵一朵
等待北風的花
將思念寫滿整夜的白

——發表於《華文現代詩》第4期，2015／2。

邂逅之後

當荷花撐起一朵夢的輪廓
記得西湖曾經熱戀某個夏季
那時，月光勾勒你的臉龐
彷彿連結星子的光芒
就能連接上共振的頻率，跳著
令影子也心動的舞步
踩著流光稀釋的記憶之徑
重疊著樹與葉，夜與日光的交集

我用風速測量距離，忽快
忽慢地往你的方向前進
思念踩上油門，卻忘了方向盤
躲到雲朵背後的山谷裡
等風景為你撩起霧裡的空白

你說夕陽西下是壓力的鏡射
匆匆，所以背影比柳枝更纖細
纖細了相聚的篇幅零星

掛著回憶墜入往事的水紋，偶爾
不經意回首與你交錯

——發表於《有荷雜誌》第15期，2015／8。

輯四

行李箱的記憶

書在月光流域迷路了

旅人徘徊於桌角

家書，總寫了一半

另一半，繼續流浪

書之迷航

等春光微溫
夜喚醒燭光與咖啡因
多情如你的指尖
輕柔地撫摸月光記憶

我不是倦歸的飛鳥
遠方的黃昏開始灌溉寂寞
花朵在雪地上哭泣
等夢境開始融化

那些疲憊的足跡隱隱浮動
吶喊海洋的心聲
魚群般的文字翻騰，湧入
深邃更靠近地心的混沌之處
泅泳於善默的迷宮之上
陽光企圖尋找出口
卻沿途撿拾靈感的碎片

我不是鮭魚的故鄉

溪流的嘆息比葉的影子還輕

石頭在森林中猛點頭

等不到揮舞的魔法棒

等書本排列成護城河

偶爾偷來的幾片午後閒暇

夾入整齊無味的日子裏

咬一口，將整座城堡細細咀嚼

——寫於2015／3／29，

發表於《葡萄園詩刊》206期，

2015／5。

月光迷途

屬於白晝的騷動融化了
夏陽冷眼，漠視著
夜的黑幔擴散

南風吹亂一地樹影
誰也找不到誰的去向
蟬噪聲被月光洗薄
薄得如蟬翼般輕盈又清透
只有心跳與失眠的牛蛙
合奏不成調的搖籃曲

數羊數成了滿天星子
我划著悠悠往事
窺探曾笑過哭過的每扇窗
是否也藏著難眠的另一顆心
徹夜點燃屋頂上的寂寞

心頭的月彎彎
卻勾不住拉長的背影
離別後，思念是一道烙痕
夜深時隱隱抽痛

——發表於《海星詩刊》第14期，2014／12。

夜戀山城

當夜戀上山
曲線開始婀娜擺動
海就吟哦起古老的詩句

山稜柔和了星空
精靈們跳躍的舞台
翻轉、沉寂。

洶湧著洶湧
波濤，心底萬丈
點點光影纏綿著夜
無止境，無止
靜

——發表於《臺灣時報》，2014／9／8。

擎天崗上

你低頭成山陵線的風景
淡淡地，擁我入懷

風吹草低，見
不見
織女將銀河織成回憶
為你披上，取暖
或者驅寒都好

雨，或者不雨
山巒連笑也詩意

空想‧金門

砲火

誰在海上燃放砲火
夢裡，呼吸扭成緊繃的弦
等鼓聲點亮戰鬥之窗
流星雨劃破夜的鼾聲
就狂奔吧！以風速
以豹馳，以浪
拍擊歷史的悲歌

翟山坑道

嘿呦，歐嘿呦
炸開花崗岩的心臟
圓鍬、十字鎬、臉盆
貫穿翟山坑道勇士的吶喊

啁啾，之啁啾
一筏載著南管樂團
鳥鳴、水光影、古樂
甦醒俠骨烈魂忘卻的多情

炮戰殘留的餘音
裊裊成思古懷人之瀲影

風獅爺

也是屋頂上瞠目的圖騰
聞嗅厲鬼狂舞呼嘯而來
定住水箭亂彈，鎮煞去
風自東北移動白蟻城堡
波起，浪平。　　風獅爺

金門菜刀

八二三彈雨斜斜地下
雷陣雨挾狂風之氣勢
積蓄了二十年的震盪

曾是拋物線完美的弧形
曾是聞之色變的驚魂聲
曾是碎裂家園的劊子手
而今，搖落風霜為巧婦
與豬牛雞鴨羊繼續苦戰
砧板上，遙想當年鋒頭

午後

村子裡沒有祕密藏得住
透明的耳語漂浮跌宕
留鳥在季節裡來去

金門的黃昏很寂寞
斜在牆角的竹竿
一只板凳，老人與夕陽
也許，隔壁大黃狗來湊熱鬧

流動的觀光客如潮汐
來了又去，如年節返鄉的子女

——發表於《以風雕塑——金門詩選（風景卷）》，
2014／11。

漂　霧

我在海上的霧中
迷濛成失溫的浮標
隨著水的思緒漸漸溶解

數著甲板上移動的腳步
數著船艙門開關的風聲
數著隔壁或者對面的咳嗽聲
數著隔間木牆被震動的無奈
數著自己心跳與潮浪呼應的頻率
數著哪一家的嬰孩啼哭又驚醒的吶喊

我在霧裏丈量光陰
企盼航程濃縮成一只瓶子
流竄在體內的昏沉鎖進夢中

挖掘海的深度，或者
撕開夢的薄膜，或者

敲開光的顏色，或者
傾斜自以為的平衡點

我在沒有煙花的霧裏想起你
躺成一朵浪花，沒有把握
風能分辨帆的方向
而我懷念昨日島上的午後

——發表於《馬祖日報》，2015／6／3。

致旅人五則

不眠

也許星星都亮在你的夜空
我仰望的天窗塞滿雲朵
凝視，夜漸層透白
大雨挾持思念的重量
敲響。徹夜不眠

2015／6／15

深夜

用筆尖蘸滿你的影子
夜的腳印很深，墨的色調
只有失眠的秒針清楚

滴答，滴答，滴……

屋簷醒著等天亮

你的眼睛裡擦出字的光澤

2015／6／16

時差

當夜彎曲成三角形

思念交集等腰的邊長

寂寞試圖連結白晝的眼角

如同我拼湊移動的城市

展開是一幅有窗口的風景

隔著夢的缺口，凝望

2015／6／17

高塔

攀登雲端垂下的線索
將夜晚禁錮在塔裡
長髮扭成不規則的樓梯
留著空格的詩篇漂浮在森林中
鳥鳴聲是引路的微弱燈光
遠遠地，呼應閃滅的祕密訊息

2015／6／16

桌角

桌上凌亂的木紋冷不防地抖了一下
角落，有淚珠汪洋成一鏡的海

窗簾的餘溫埋首在昨日，或者
更早之前某個遲到的黃昏

旅人拖著行李的疲憊

眸子裡養了一匹孤獨的狼

啃噬寫一半的情書

2015／6／18

封存的版圖之外

雪擱淺在風中
漩渦旋轉了旅人歸途
來不及打包的溫度
顏色純粹得只剩夜的凝視

我在雪地種下相思
冰封北國被遺忘的足跡
等風承認相隨之必要，雲朵
進行分離式的追逐
夕陽才懂得森林沉默的理由

夜累了就倚著星空，寬闊了
天涯編織的海角邊緣
而你泅泳其中，曾經錯身
遺忘的拼湊的再也無法重疊的明日
漂泊成版圖之外的過去式

沙漠拼圖

你將心事曲折成風沙的故事
陽光曬乾模糊地帶，雲朵
卻擰不乾遠山懸宕的心

秋意來得太早，轉身
楓還沒紅，銀杏還綠著
可離別流浪到眼前
什麼也來不及裝進行李
眼底江水已枯竭成光影的淚痕

你寫下的風景在掌心流動
落地，一朵失語的玫瑰

——發表於《葡萄園詩刊》204期，2014／11。

離　家

夕陽的醉顏溢滿窗格
灰鴿子，燈塔，海灣
印象比一盞茶更恆溫

藍眼淚，一夜
爬滿寂寞的沙灘
星子不懂濤浪的歌
月光定格

鄉愁在風沙裡旋飛
飛過了今日
卻不敢碰觸昨日

——發表於《葡萄園詩刊》204期，2014／11。

馬祖北竿三則

晨霧，芹壁村

霧的面紗下
有難掩清麗的臉龐
攀著晨光，窺探
小島失眠的夜
記憶濕潤了石屋，向海
鯽魚嘴滔滔說著
鐵甲元帥英勇抗戰的曾經

阿婆魚麵

將海洋的鮮味捍入，灑點
太白的靈感揉和著
切，切，切
白浪閒掛在陽光下呼吸，大口地
咬下阿婆青春的背影

煮湯或者油炸，拌炒魚族
泅泳的藍色記憶

戰爭和平紀念館

無頭部隊的那一夜
被寫進傳說的外一首

誰讓砲彈開成一朵花，殘蕊
依舊昂首挺立，與戰地的英魂
據點上交疊或者凝望

鵲橋的彼端也有花開
等不到情人歸來的女子
橋這端，枯成滿地凋零的無言

——發表於《馬祖日報》，2015／5／11。

輯五

秘密小花園

花園裡的花都開了

每一朵花都是寂寞的詩

獨自在人群裡思考

何時綻放，或者凋零

金鈴子

她的髮梢一舞動
春天就醉了

她的名字是情人心底那朵蓮
來不及寫成的詩句
溢滿夏夜飄浮的暗香

走過的陌生容易凋零
凝視。藏匿不住
被灰茫調淡的一樹淡紫

花落成雨神遺忘的裙擺
風來，或者不來
鈴聲總是金黃了天空的沉默

桔梗花

我在等一顆星
點燃夜深邃的眼眸
停棲在黎明眉心

天光透亮成漸層薄紗
為青山披上祝福
飛鳥慢飛
摺疊一紙海洋粼光
聽潮汐說從前
等彩虹起舞
旋轉凌飛藍靛之外
滿山閃動星子遺落的詩句

——發表於《臺灣時報》，2014／8／21。

黃金雨

昨夜的窗有雨躡足
沾滿秋菊凋零的心事
荷葉撥弄旅行南方的晨風
旋律著椰子樹慵懶舞步
吹啊，珠簾叮噹得梅子黃了
雲朵翻騰著寶石藍
萬兩萬兩，下起雨來
六月的大地響起發亮的氣味

——喜菡花詩選競賽獲佳作，2014／7。

六月

仲夏的天空很阿勃勒

藍天綠葉潑灑成風動的背景

雷雨才掀開夏季的序幕

大花紫薇已經動筆書寫城市故事

行人道延展開長長的書籤

夾在黃昏透亮的書頁里

等待翻過轉角的驚喜

星空下，南風捎來訊息

我在月光流經的荷塘畔

聽蟬唱起六月的歌

——寫於齊東詩舍，詩集合。

2015／6／26。

九重葛

湖畔默寫著詩句
風飛揚了希冀，枝枒
以爭奪之姿佔領
驚豔滿山的燎原大火

——發表於《華文現代詩》第4期，2015／2。

野牡丹

空山的雨留不住

富貴繼續流浪

褪下綢緞，那豔麗

伸出素手抓緊夢的名字

——發表於《華文現代詩》第4期，2015／2。

梅　訊

去年你來，一夜
我透澈成白色的思路
等預約春天的蝶問
今年，你還在嗎

——發表於《華文現代詩》第4期，2015／2。

殘　荷

你說夏日太遠
說著說著日子就渺小起來
記憶卻鮮明地跳動了

你說記憶太遠
我們彎腰尋找倒影
企圖挖掘前世相戀的痕跡

而霧在冬季思索
如何寫下曠世的低調
將眾聲喧嘩靜默成一首黃昏

春　光

聽說櫻花風暴襲捲
衝散人潮，又來了人潮
浪濤粉紅了天空
春神的裙擺很蕾絲

——發表於《華文現代詩》第4期，2015／2。

蜘蛛百合

你將黑夜織成一朵百合
露珠是誘惑的晶瑩
閃爍著鑽石切面的星芒

行人、飛鳥、蜂、蝶的必經之路上
有埋伏，孤獨是你撒出的網
纖細的手揮動著嫣然的笑
風沙掩不住柳葉的眉梢輕揚
一挑，就讓星子們墜入
等待網住最靜美的
唯一的素顏

——發表於《葡萄園詩刊》第203期，2014／8。

泡泡夢

我用陽光攪拌花海
吹出大大小小繽紛的夢
你划著木蓮花來，海芋的霧
滿天的泡泡醒了又睡

——發表於《華文現代詩》第4期，2015／2。

毛毛蟲

我在愛情花海迷路
思念長出尖銳細長的刺
包覆成玫瑰的語言
等我，沉默的吶喊

輯六

垂釣・倒影

讓路給夢的出口
雨，下成蝶的模樣
等一首詩回家
而我，星空下垂釣倒影

讓路給夢的出口

夢與星子閃爍的光點，開始細語
在路口的轉角聚集成讀你的條碼
滿天的烏雲保持沉默的低姿態
光之影子偶爾透亮，無語
悶雷醞釀情緒，等待下一次閃電

夜空，被撕裂成分岔的路口
隱隱的雷聲指引迷路者的方向
而我被黎明揮動的手勢漸漸推遠
透明成一束光，迸發變形
自黑白之間，汲取星子扭曲的密碼

遙望，遠山的某一棵杉樹下
那個人獨自收留寧靜，開門
蝴蝶穿梭過夢裡闃黑的隧道
出口，有關注動態的跑馬燈閃爍
即時更新，平行與經歷的世界

你的天空飄著我未讀的訊息
一條魚的眼淚來不及墜地，泡沫
被風吹散成夢與夢之間的亂碼
歸鳥敲打著螢幕上迅速移動的光點
以細針，以平針縫合拼貼的暮色
企圖延伸礁岩裙擺的長度
而潮汐編織的細蕾絲，不小心愛上
星子取暖的角度，願望集合
歷史的扉頁，我在望遠鏡這頭捕捉

青春的發電機仍舊發燙
源源不斷的輸送電能與回憶
預熱心事，白日偶爾降溫
等流星點燃夜色的失溫的感動
一路以奔馳的速度與故事重逢

記得讓路給晚風，如果歸鳥
懂得讓路給夕陽，礁岸還記得

懂得讓路給大海，連結我們的夢境

你在夢的出口，燈影下等我的夢

——獲2015　第一屆鍾肇政文學獎

新詩類貳獎

擱在窗口的

捲起窗簾的寧靜
發現公園是一本書
野鴿子每日掇拾著光影
摺痕，收藏翻頁瞬間的想像
落葉正好夾入行人的笑聲
一枚懷念秋意的書籤

樹下，老人們排列成輪椅的對話
歷史長河漂浮在凝滯的眼神中
時序翻轉又迂迴了青春之路
額頭上蒼白的銀髮，隱隱
默逝了黃昏抛下的喧嘩

長椅眷戀著木棉花的餘溫
走道上殘留半闕葬花詞
晾曬黛玉未乾的淚痕
風挾持李白豪情揮就一紙

苦楝的浪漫情詩，三月

等誰入座，悅讀春天

——發表於《海星詩刊》第16期，2015／6。

剎　那

上一秒，轉身
背影瘦成一只書籤
飛過眼角的邊界

誰書寫永恆
光與影，影印了蝶語
反覆熨整情話的皺褶

蒲公英的夢太遙遠
告別一滴淚的方向
漣漪餘波融化成海
凝眸縫補著潮汐
起落，錯過流星
回首已是一生

——發表於《創世紀》第182期，2015／3。

秋　波

裁一寸相思
光陰是針，線是回憶
湖光淘淨眼底沙塵
觳灩的只剩下
竹林間飛揚的笑聲
擋不住秋風
吻過心事

垂　釣

我坐在床邊垂釣一朵雲
悠悠地想自己是一尾魚
擺弄著光影濺出一朵花
淡淡地馨香釀成一杯酒

燈下，歷史曝曬於琥珀色月光海
姜太公釣起一朵吐著謎語的青蓮

——發表於《乾坤》第71期，2014／7。

白日夢

我摺疊陽光的斜角
藏在窗台四十五度處孵夢
以交集的眼神啟程

光影是旅途的背景
魔幻著白開水的情節
意念隨意地翻閱日子
眼一眨就能濃縮時空的刻度

咖啡杯轉一圈黑咖啡
任意門通往希臘愛琴海的愛情
熱氣球帶著島嶼升空
尋找西雅圖的第一場雪

夜，失眠了夢的冥想
星空是解脫之必須
划行在銀河的淡定中，甦醒

半裸的溫度

掀開月光的薄衫
半裸的詩意躺在風的衣襟上
等你來，呼吸

吸滿一大口極地的寂寞
以蒼鷹盤旋的速度交換耳語
透明的吻如溫泉
記憶著體溫擁抱的溫度

濕漉漉的愛被烘乾成漸層色黎明
等你俯身拾起，披上

——發表於《臺灣詩學》，論壇第21號，2015／6。

預　約

我向你預約一枚夕陽
何時將它煮沸
沸騰城市的向晚

我向星空預約一場邂逅
關於銀河與流星
左手與右手的歸途

還有什麼可虛擲
車子流過溽夏漂浮的餘溫
分隔島上，紫薇來不及預約
只能默默地等待秋涼

——發表於《野薑花詩刊》第10期，2014／9。

蝶　雨

雨落在蝴蝶眼裏
斜斜地織起捕夢的網
關於森林，星空與入夜的歌

雨落在秋晨，微涼
振翅的效應隱隱發酵
川流於落葉重疊著落葉
翻騰，風湧的白日夢
在城市之上
飄浮著一座思念的島

悲傷寄居蝴蝶右眼
無言，唯一
滑落人間的線索
左眼，滿窗

——《創世紀》第181期，2014／12。

雲　想

將心事揉成雲朵
綁上細繩
放飛於天與海之濱

流浪到異鄉
連自己名字都忘掉
每一張陌生臉孔
迎面，都是你

這麼多形影交錯
融合、變形
那一把傘下藏著雨
不曾說出口

我看著風追逐光
浪追逐遠離的腳印
手中的砂

跟著風漂泊，去
遠方，找一朵雲

等一首詩回家

凝視一顆樹成一首詩
自葉尖以抒情開始

昨夜露珠輕盈不過你的腳步
風來無聲，窗下風鈴知道
徘徊一地的落葉懂寂寞
啃噬著相思進駐的左心房
始終空了個位置
等待月光書寫淡定
夢中樹影的獨白

有什麼文字比夕落更傷感
紅了眼的凝望
隱沒在人群裡，漸漸

——發表於《創世紀》第182期，2015／3。

倒　影

喧嘩的眾聲歸還給泡沫
還有什麼比倒影更真實
更真實不過，腐鼠
長長的尾巴仍在擺動
人們不再尖叫了，因為死亡
沉默，沉寂，沉淪

空虛的破酒瓶幻想著瓶中信
有誰，記得豔陽午後
白鷺鷥為何佇足
空中的光影為何消失
輕飄飄的暮色
冉冉遁入灰濛的雲層裡
厚重地關上，關上

光之所在——致向陽師

順著陽光滑落在光與葉，葉與影
交疊著鹿谷鄉綠黃拼湊的天空
彷彿霧是麒麟潭款款情話，徘徊
凍頂山與鳳凰山之間的春天
以詩潤澤。仰望銀杏

霧落，森林溫熱的心事
挺立於小草札根天地間的咬牙
奔石隆隆，比響雷更震耳
預約失蹤鳥鳴的歸期
幽徑獨酌。乾杯

隨意。以四季相邀
慢唱了二十年又二十年
水歌仍然吟哦
年華站在土地昂首，向陽

2015／5／12

・本詩主要以向陽老師的詩作為線索。《銀杏的仰望》是其第一本詩集。老師的故鄉：南投鹿谷。〈霧落〉、〈森林〉、〈心事〉、〈小草〉、〈獨酌〉各是十行集所收錄的詩作題目。第二段是九二一震後老師寫〈春回鳳凰山〉一詩。一直很喜愛〈水歌〉這首詩，附上原文如後：

〈水歌〉

乾杯。二十年後
想必都已老去，一如葉落
遍地。園中此時小徑暗幽
且讓我們聯袂
夜遊，掌起燈火

隨意。二十年前
猶是十分年輕，一如花開
繁枝。樹下明晨落紅勾雨
請聽我們西窗
吟哦，慢唱秋色

——1976／8／14溪頭

・而銀杏第一次結果要二十年，結節滿果實又二十年。前幾天老師六十大壽。以明信片方式出版之前絕版的四季詩集裡的詩作，於是有感寫成此詩。
・刊登《乾坤詩刊》二〇一五夏季號。

詩與環境的有機結合

——閑芷《寂寞涮涮鍋》賞析

懷鷹

包藏空虛的高麗菜
成了鯛魚片最後的家
青江菜是湯裡漂浮的綠地
偶爾，擠來爆漿魚丸癡癡傻笑
木耳是突來一片的烏雲
遮蓋陽光般鮮豔的蟹肉魚板
鍋內沸騰一如喧囂的城市

右手夾起水晶般的粉絲
試圖理清糾纏的思緒
卻滑落成一攤思念
慢慢冷卻，如心頭盤繞的蛇

左手投入不語的蛤蜊
想沾染鍋內的熱鬧氛圍
手指卻被濺起的湯汁驅趕
心事，成了灼熱的水泡

獨自咀嚼著旁桌傳來的笑語

飲下浸泡回憶的檸檬汁

慢慢，看一鍋思緒煮沸

玻璃窗外飄過寂寞的白雲

而我，是最靜的那一朵

涮涮鍋源自日本，不一定是滿桌圍爐，也可一人一鍋。吃火鍋是一種樂趣和熱鬧，各種各樣隨心所欲的食材丟入熱騰騰的鍋，佐以飲料和歡聲笑語，你會覺得人間並不寂寞。

然而，一人一鍋，意味著什麼呢？

一個人，背離都市的繁華與喧囂，在這熱鬧的場合中，鬱鬱寡歡的吃著一個人的「熱鬧」，周圍越是熱鬧，越反襯寂寞的身影。閑芷的〈寂寞涮涮鍋〉，寫的正是這種落寞的心情。

一邊向讀者介紹這些食材，一邊融入自己的心情；食材加上心情，這鍋「涮涮鍋」的味道就與眾不同了。一般，這樣的題材難以入詩，因為司空見慣，沒有什麼亮點，更何況要從中發現詩的蹤跡，難上加難。

但，這一切都難不倒閑芷。她不僅僅是個食客，還是個懂得食材處理的「食家」，從食材裡婉轉襯托出自己的心情，則又是「詩家」了。

第一節寫得五光十色。高麗菜就是包菜或空心菜，一層層的包裹，然而，剝到最後它竟是無心的。即是無心，便是空處，這菜成了「鯛魚片最後的家」。其實，最後的家是詩人安置的，這是一個美麗的錯覺，另一個錯覺來自「青江菜」，青江菜是輔佐正餐的菜蔬，不意成了「漂浮的綠地」。「家」和「綠地」最勾起「遊子」的思念之情。詩人不是遊子，卻是這繁華都市裡自我放逐的人；面對這家和綠地，她只能像「爆漿魚丸」那樣「癡癡傻笑」，是笑自己的落寞和狼狽吧。你看，木耳也變成了烏雲，蟹肉魚板遮蓋了陽光，儘管「鍋內沸騰一如喧囂的城市」。

這頓「涮涮鍋」能吃得開心嗎？

詩人的思緒像理不清的「水晶般的粉絲」，欲語還休，「一攤思念」變成「心頭盤繞的蛇」，真是剪不斷，理還亂啊。

此情此景，不語的蛤蜊，怎能「沾染鍋內的熱鬧氛圍」？不語對熱鬧，形成一個強烈的對比，「心事，成了灼熱的水泡」。原來，詩人是帶著糾纏不清的心情來「涮涮鍋」，一方面想讓自己在「熱鬧氛圍」裡忘卻「喧囂的城市」所帶來的煩悶；一面卻又像「不語的蛤蜊」，只怕心事，浸泡在灼熱的鍋裡，是越發不堪了。

一個人的「守候」，「獨自咀嚼著旁桌傳來的笑語」，詩人其實一點食欲也沒有，只能「飲下浸泡回憶的檸檬汁」，那是什麼回憶呢？甜甜酸酸，一如檸檬汁。鍋裡煮的再也不是那些雜七雜八的食材，而是一團團不住叫囂的思緒了。當一切糾纏不清時，詩人只好把視線轉投窗外，看見「玻璃窗外飄過寂寞的白雲」。

這一轉投，恰到好處，把所有的思緒轉化了。

「而我，是最靜的那一朵」。

結束得很飄逸，儘管耳邊炸響「笑語」，詩人的心得到了安撫，變得更加寂寞而寧靜，如同白雲那樣飄飄曳曳，一無牽掛，有點像禪的「頓悟」。

現代都市人的落寞，不一定得在海邊觀賞日落，或到山上撿拾落葉，或喝得酩酊大醉。詩人巧用這個熱鬧的場景來襯托自己的心緒，那個落寞所造成的視覺和觸感的落差更加的深刻。

像這樣的詩，確實很不容易寫好，詩人對文字的安排，不溫不火，不冷不熱，結合了環境和餐飲的特點，逐步逐步的勾勒出一種與眾不同的氛圍，確實難能可貴。這樣的一種詩歌氛圍，很叫人擊節讚賞，這是一種有機的結合，詩一旦與環境結合，不僅環境活了，詩也活了。

後　記

閑芷

去年（2014年）初春，我懷著忐忑的心將生平第一本詩集寄送給秀威評估出版，等待的期間，特地回到母校（國北教大台文所）拜訪向陽老師，請老師指教，其實是想拜託老師為我寫序，因為那時我唯一認識的詩人前輩就是向陽老師，而老師基於鼓勵一個新手（學生），在百忙中允諾，這份心意如永不熄滅的火苗，始終溫暖著我在寫詩路上的寂寞。

一年了，這一年在詩的國度裡，總是受到很多前輩不吝提攜、照顧。2013年冬夜，接到辛勤前輩來電邀請參加2014年海星詩社主辦的「詩歌與音樂的火花」詩人朗讀詩歌活動，第一次以詩人的身分現場朗讀自己的作品〈凝橋〉，與楊風、向明、龔華、莫云等老師前輩第一次見面，感受到詩人們溫潤的丰采與氣質。《海星詩刊》是我第一首詩作發表的園地，也有著令我感動難忘的知遇之恩。後來也曾短暫加入野薑花詩社，經歷不同的詩風歷練，都是感恩與寶貴的經驗。

2015年春，受林煥彰、劉正偉老師熱情邀請而加入乾坤詩社，劉老師在臉書（FB）開設一個「詩人俱樂部」網站，廣納愛詩人的詩作，並勤於提拔後進，常鼓勵、點評貼文者的作品，也大方地公布詩作投稿的園地資訊，這裡總是門庭若市，來自各地的詩人們在此結識交流，激盪出壯闊的詩海。六月，與乾坤同仁們一起出席齊東詩活動，留下〈六月〉記錄亮澄澄的黃金六月，顏艾琳老師說這兒是詩人們的家，的確，齊東詩社每次舉辦的活動，從策劃、主講者到參與活動的愛詩人，都極可愛，浸泡在詩染的氛圍裡，學習前輩們寫詩的一腔熱血，因為詩而美好。

〈寂寞涮涮鍋〉一詩，在仲夏的午後，熱鬧的涮涮鍋店裡，少了原本期待入座的友人，一個人獨自涮著鍋裡的泡沫，一頓午餐的時間，也烹出一鍋寂寞的美味。感謝新加坡詩人懷鷹老師為此詩寫賞析，隨著老師精湛的文筆，引領讀者更深刻地品嚐其中滋味，懷鷹老師於初秋來訪台灣，蕭蕭老師設宴款待，席間詩人前輩們的幽默談吐為微涼的季節披上暖意。也感謝香港詩人秀實老師將此詩推介至香港《新少年雙月刊》發表，國內則由《中華日報》副刊刊登，讓此詩得以有更多機會與讀者見面。

秋日，將〈讓路給夢的出口〉投至鍾肇政文學獎參賽，稿件寄出後，其實自己也忘了此事。初冬，手機顯示未讀信件，瞥了一眼，以為是「來稿眾多……遺珠之憾」的安慰文，本不以為意，出於好奇，多看了一眼，竟是獲獎通知！多麼意外的年終禮物啊，也是閑芷人生中第一個詩獎，在此特別感謝截稿日前推了我一把的友人，讓糊塗的閑芷沒有錯過參與鍾肇政文學獎徵稿的活動，也感謝評審們的肯定與鼓勵，故將此值得紀念的詩作追加收錄此詩集中，與喜愛閑芷詩作的好友們分享。

此次，邀請白靈、秀實與劉正偉老師為《寂寞涮涮鍋》寫序，透過不同名家的眼睛，期待得到不同面向的指正，感謝三位前輩對後進的提攜。感謝好友書法家櫟承書寫封面及頁扉題字、美術設計淇文特別量身設計本詩集封面，還有江麗梅小姐的插圖也讓詩集增色不少。要感謝的人太多了，閑芷將感謝之情化作持續努力書寫的動力，回報一路支持我的好友們。

相信關於詩寫的路，未來還有更多開創的可能性，如同愛好旅行、手作、攝影般，寫詩的風景仍在窗外召喚著我前往。最後，期許自己能繼續開發多元題材、拓展不同的書寫面向，也期許自己能寫進永恆。

2015／12／1

讀詩人80　PG1516

寂寞涮涮鍋

作　　者	閑　芷
責任編輯	盧羿珊
圖文排版	周妤靜
封面原稿	鄭淇文
封面、扉頁題字	徐孝育
封面設計	蔡瑋筠

出版策劃	釀出版
製作發行	秀威資訊科技股份有限公司
	114 台北市內湖區瑞光路76巷65號1樓
	電話：+886-2-2796-3638　傳真：+886-2-2796-1377
	服務信箱：service@showwe.com.tw
	http://www.showwe.com.tw
郵政劃撥	19563868　戶名：秀威資訊科技股份有限公司
展售門市	國家書店【松江門市】
	104 台北市中山區松江路209號1樓
	電話：+886-2-2518-0207　傳真：+886-2-2518-0778
網路訂購	秀威網路書店：http://www.bodbooks.com.tw
	國家網路書店：http://www.govbooks.com.tw
法律顧問	毛國樑　律師
總 經 銷	聯合發行股份有限公司
	231新北市新店區寶橋路235巷6弄6號4F
	電話：+886-2-2917-8022　傳真：+886-2-2915-6275

出版日期	2016年4月　BOD一版
定　　價	200元

Printed in Taiwan

國家圖書館出版品預行編目

寂寞涮涮鍋 / 閑芷著. -- 一版. -- 臺北市 : 釀出版, 2016.04

面； 公分. -- (讀詩人 ; 80)

BOD版

ISBN 978-986-445-087-9(平裝)

851.486 104028921

讀者回函卡

感謝您購買本書，為提升服務品質，請填妥以下資料，將讀者回函卡直接寄回或傳真本公司，收到您的寶貴意見後，我們會收藏記錄及檢討，謝謝！如您需要了解本公司最新出版書目、購書優惠或企劃活動，歡迎您上網查詢或下載相關資料：http:// www.showwe.com.tw

您購買的書名：______________________________

出生日期：________年________月________日

學歷：□高中（含）以下　□大專　□研究所（含）以上

職業：□製造業　□金融業　□資訊業　□軍警　□傳播業　□自由業

□服務業　□公務員　□教職　□學生　□家管　□其它____

購書地點：□網路書店　□實體書店　□書展　□郵購　□贈閱　□其他

您從何得知本書的消息？

□網路書店　□實體書店　□網路搜尋　□電子報　□書訊　□雜誌

□傳播媒體　□親友推薦　□網站推薦　□部落格　□其他________

您對本書的評價：（請填代號　1.非常滿意　2.滿意　3.尚可　4.再改進）

封面設計____　版面編排____　內容____　文／譯筆____　價格____

讀完書後您覺得：

□很有收穫　□有收穫　□收穫不多　□沒收穫

對我們的建議：______________________________

____

____

____

請貼
郵票

11466
台北市內湖區瑞光路 76 巷 65 號 1 樓

秀威資訊科技股份有限公司 收

BOD 數位出版事業部

（請沿線對折寄回，謝謝！）

姓　　名：＿＿＿＿＿＿＿＿　年齡：＿＿＿＿　性別：□女　□男

郵遞區號：□□□□□

地　　址：＿＿＿＿＿＿＿＿＿＿＿＿＿＿＿＿

聯絡電話：(日) ＿＿＿＿＿＿＿＿ (夜) ＿＿＿＿＿＿＿＿

E-mail：＿＿＿＿＿＿＿＿＿＿＿＿＿＿＿＿